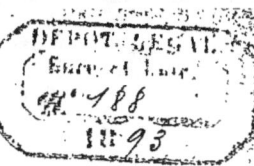

CRIMINELS

LIVRÉS AUX BÊTES

PAR

GEORGES LAFAYE

Associé correspondant national de la Société des Antiquaires
de France.

Extrait des *Mémoires de la Société nationale des Antiquaires
de France*, t. LIII.

PARIS

1893

CRIMINELS

LIVRÉS AUX BÊTES.

Par M. Georges LAFAYE, associé correspondant national.

En 1807, on a trouvé en Bavière des poteries romaines, ornées de sujets, auxquelles on ne me semble pas avoir accordé jusqu'ici l'attention qu'elles méritent. Elles furent publiées pour la première fois en 1808 par un savant de Munich, nommé Jos. von Stichaner[1]. Pendant plusieurs années, il m'a été impossible de me procurer son ouvrage, que j'avais vu cité dans une note de Friedlaender[2]; enfin, tout récemment, la Bibliothèque de la Sorbonne, sur ma demande, en a acquis un exemplaire. J'ai pu me convaincre, en le lisant, que les poteries qui m'intéressaient n'y avaient pas été interprétées d'une manière satisfaisante et que les reproductions données par Sti-

---

1. Stichaner (Jos. von), *Sammlung roemischer Denkmaeler in Baiern*, herausgegeben von der Koeniglichen Akademie der Wissenschaften zu Muenchen. Muenchen, 1808, in-4°, avec un atlas in-fol. intitulé : *Abbildungen*.

2. Friedlaender (Ludw.), *Darstellungen aus der Sittengeschichte Roms in der Zeit von Augustus bis zum Ausgang der Antonine*. Leipzig, Hirzel, in-8° (1re éd., 1862); dans la 6e éd. (1888-1890), t. II, p. 406, note 3.

chaner dans son atlas étaient loin de répondre aux exigences de la science moderne. En 1863, le sujet fut repris par M. Jos. von Hefner, mais avec un défaut de méthode plus sensible encore[1]. Jugeant donc qu'il y avait lieu d'examiner de plus près les pièces qui avaient piqué ma curiosité, je me suis adressé à M. Paul Arndt, attaché aux Musées des antiques de la ville de Munich. Je ne saurais trop le remercier de l'extrême obligeance avec laquelle il a bien voulu faire pour moi les recherches nécessaires dans les collections publiques confiées à ses soins.

Ces fragments de terre cuite appartiennent à la classe des poteries dites d'Arezzo ou samiennes. Ils ont tous été trouvés près de Westerndorf, sur la rive gauche de l'Inn, à l'endroit où la route d'Augsbourg (*Augusta Vindelicum*) à Salzbourg (*Juvavum*) traversait la rivière (*Pons Aeni*, Pfünzen), et où aboutissait l'embranchement sur Innspruck (*Veldidena*)[2]. L'énorme quantité de tessons qui ont été recueillis sur ce point à diverses époques porte à croire qu'il dut y avoir là un dépôt ou une fabrique de poteries. Stichaner a reproduit les échantillons les mieux conservés; les figures qu'il a fait graver couvrent quatorze

---

1. Hefner (Jos. von), *Die roemische Toepferei in Westerndorf,* dans l'*Oberbayerisches Archiv für vaterlaendische Geschichte,* t. XXII (1863). Sur ce savant et sur la valeur de ses publications, voy. *Corpus inscriptionum latinarum,* III, p. 706.

2. *Corpus inscriptionum latinarum,* III, p. 701, 735, 738, et la tab. IV.

planches de son atlas in-folio. Beaucoup sont accompagnés de noms de potiers, depuis enregistrés dans le *Corpus*[1]. Je n'ai pas le dessein de revenir sur tous ces fragments, qui sont en grande partie d'un modèle commun et auxquels d'autres, conservés dans nos collections nationales, pourraient être préférés avec avantage comme objets d'étude. Je voudrais seulement attirer l'attention de la Société sur quelques morceaux dont les figures m'ont particulièrement frappé. M. Arndt, après les avoir cherchés vainement au National Museum, les a retrouvés dans les collections de l'Historisches Verein von Oberbayern. Aucun d'eux ne correspond exactement à ceux de Stichaner; mais il est évident qu'ils sont sortis des mêmes moules, et même, par un heureux hasard, ils se trouvent être plus complets que ceux que mon prédécesseur a reproduits.

Parmi les tessons de Westerndorf, un grand nombre, suivant l'usage, sont ornés de scènes mythologiques. Tel est celui qui porte la signature du potier COMITIALIS[2]. On y voit représenté le supplice de Marsyas. A gauche, Apollon debout s'appuie du bras droit sur un long sceptre; son autre bras supporte une chlamyde et un

---

1. *Corpus inscriptionum latinarum*, III, 6010, *passim*.
2. *Ibid.*, 6010, 68. Stichaner, Heft II, tab. V, 3 et 9; tab. XII, 3. M. Arndt a bien voulu exécuter à mon intention une photographie de ce fragment. Elle me permet de reconnaitre certains détails, qui restaient indistincts sur la gravure de Stichaner.

objet qui peut être une lyre vue de profil. Près de lui, et la tête tournée de son côté dans l'attitude de l'angoisse, est Marsyas, les mains liées derrière le dos. Ce qui est digne de remarque, c'est que l'artiste a donné au vaincu les jambes de bouc, attribut ordinaire des satyres ; on a déjà observé qu'à l'époque romaine le type de Marsyas se rapprochait de plus en plus de celui des personnages du cortège dionysiaque, au point qu'on en est arrivé à le confondre avec Pan ; on lui a donné par exemple les cornes et les oreilles pointues des satyres[1]. Le fragment de Westerndorf nous montre cette identification parvenue à son dernier terme.

Une autre série de tessons se rapporte aux jeux publics. Ainsi ils représentent des gladiateurs armés de toutes pièces et opposés deux à deux dans l'attitude du combat[2]. Ailleurs, on voit un cheval dans le cirque, ou un cocher vainqueur, un fouet dans une main, une couronne dans l'autre[3]. Plusieurs scènes sont tirées des *venationes* ou chasses données en spectacle dans l'amphithéâtre ; ici, des chiens courent après des cerfs ou des lions ; là, des hommes, l'épieu en arrêt, attendent de

---

1. Michaelis dans les *Annali dell' Istituto archeologico di Roma*, 1858, p. 313. Voy. notamment, tav. agg., n. 4, Stephani, dans les *Comptes-rendus de la Commission archéologique de Saint-Pétersbourg* pour 1862, p. 99-100.

2. Stichaner, tab. V, 6 ; VII, 12.

3. *Ibid.*, tab. IX, 9 et 12.

pied ferme des sangliers lancés contre eux[1]. Ce sont là autant de sujets qui reviennent fréquemment sur les poteries d'Arezzo ; j'en ai vu tout récemment un grand nombre d'exemples dans les magasins du Musée de Vienne (Isère). Mais voici qui est moins commun.

Un de ces fragments représente un homme nu, attaché, les mains derrière le dos, contre un poteau dont l'extrémité apparaît au-dessus de ses épaules ; sur la gauche, un ours prend son élan pour le dévorer. Le décor du vase ne comportait que ces deux figures, répétées plusieurs fois de distance en distance. On aperçoit sur la droite l'arrière-train de l'ours, seul reste d'une seconde empreinte[2].

Ailleurs, le centre de la scène est occupé par un homme dont l'attitude est identique à celle du précédent. Sur la gauche s'avance un lion ; à droite bondit un animal dans lequel on peut, avec une égale vraisemblance, reconnaître une lionne, un tigre, un léopard ou une panthère. Au premier plan, un cerf semble fuir devant un chien portant au cou un collier très nettement figuré[3].

Plusieurs débris de poteries romaines, décou-

---

1. Stichaner, tab. IV, 7 ; V, 3 ; VI, 3, 4 ; VII, 4, 7, 11 ; VIII, XII. Sur ces divers animaux dans les *venationes* de l'amphithéâtre, voy. Friedlaender, *Sittengesch.*, 6e éd., t. II, p. 392 et suiv.

2. Stichaner, tab. I, 1. Je décris la scène d'après une photographie de M. Arndt.

3. Photographie de M. Arndt. Ce type ne figure pas dans l'atlas de Stichaner ; on peut cependant comparer tab. V, 3.

verts sur notre propre sol, présentent avec ceux de Westerndorf un rapport frappant. Le Musée de Tours[1] possède un fragment sur lequel est représentée de face une femme nue, les cheveux flottant sur les épaules, les mains liées derrière le dos. A droite, un lion, dont il ne subsiste que la tête et les deux pattes de devant, s'élance, la gueule ouverte, sur la condamnée. A gauche se dresse un grand trépied qui n'a aucun rapport avec les deux figures précédentes; il était destiné seulement à séparer les uns des autres les compartiments remplis par la même scène, que le potier avait plusieurs fois répétée sur le pourtour du vase. Dans le champ, on aperçoit, semées çà et là en guise d'ornement, des branches de feuillage et une palme. Ce fragment a été trouvé à Tours, en 1862, dans les terrains du boulevard Béranger (v. ci-contre p. 103).

Un autre, plus important encore, est conservé actuellement à Paris au Musée Carnavalet. Il provient des fouilles exécutées en 1865 dans le jardin du Luxembourg, à l'endroit où s'élève l'École des Mines[2]. Une femme nue, dans l'attitude décrite plus haut, est assaillie de chaque côté par un lion bondissant. Autour du groupe formé par les trois figures, courent divers animaux sauvages, parmi lesquels un cerf et un daim; des semis de feuillage décorent le champ de la composition. Le

---

1. N° 167 dans le *Catalogue* de M. Léon Palustre.
2. *Bulletin des Antiquaires de France*, 1862, p. 95-97.

FRAGMENT DE POTERIE ROMAINE.

(Musée de Tours.)

sujet devait être répété quatre fois ; il subsiste deux des figures de femmes (v. ci-contre p. 105). Ce morceau de poterie[1] a été, en 1867, placé à côté de celui de Tours, à l'Exposition universelle, dans la section de l'histoire du travail. Tous deux sont mentionnés dans le catalogue rédigé sous la direction de M. de Longpérier[2].

Enfin, M. de Villenoisy a communiqué récemment à la Société des Antiquaires trois figures de femmes, semblables aux précédentes, qu'il avait observées sur des poteries romaines du Musée de Saint-Germain[3].

Voilà donc, au total, sept fragments, qui tous se rattachent au même art industriel et qui reproduisent avec quelques variantes la même scène. Il n'est pas douteux qu'elle se retrouvera encore sur un très grand nombre d'exemplaires lorsqu'on aura classé et décrit les poteries du même genre qui sont empilées par monceaux dans certains musées de province.

La première explication qui se présente à l'es-

---

1. Il m'a été signalé par M. Mowat ainsi que le précédent. Il a d'abord fait partie de la collection du docteur Eugène Robert, qui en a lui-même publié une reproduction dans une revue de sciences, intitulée *les Mondes*, dirigée par l'abbé Moigno, t. VII (1865), p. 355. Le Musée Carnavalet en a hérité directement ; j'ai pu l'examiner sur place, grâce à l'obligeance du conservateur M. Vacquer.

2. *Exposition universelle de 1867. Catalogue général. Histoire du travail.* Paris, Dentu, 1867, in-8°, p. 74, *France*, nos 1036, 1037.

3. Séance du 31 mai 1893.

FRAGMENT DE POTERIE ROMAINE.

(Musée Carnavalet, à Paris.)

prit, la plus simple en même temps, c'est que le potier a voulu représenter une exécution publique au milieu d'une *venatio* donnée en spectacle dans un amphithéâtre. Mais il faut prévoir une objection.

Si on examine une série de fragments sortis de la même fabrique locale, on s'aperçoit que chaque figure a été frappée à part sur le moule avec un poinçon spécial; autant de figures, autant de poinçons; c'est une règle qui ne souffre guère d'exceptions[1]. Aussi, d'un vase à l'autre, le potier a-t-il pu varier de cent façons, au gré de sa fantaisie, les combinaisons de ses figures, sans chercher à composer une scène à l'aide des éléments disparates qu'il rapprochait. On peut donc se demander si dans nos scènes de supplice le potier a bien eu l'intention de représenter un sujet tiré de la vie réelle. Les poinçons distincts dont il s'est servi n'avaient-ils pas primitivement une tout autre destination? L'homme au poteau ne serait-il pas un Marsyas? la femme, une Andromède? Qui nous assure qu'ils aient le moindre rapport avec les animaux qui les entourent?

Tout d'abord, l'usage de poinçons distincts, dans le cas présent, est hors de doute. Il suffit de parcourir l'atlas de Stichaner pour s'apercevoir qu'en effet chaque figure a bien été frappée à part, de telle sorte que le potier a pu ensuite l'isoler à son gré. Ainsi, l'Apollon revient sur plusieurs

1. Voyez Jamot, article *Figlinum opus* dans le *Dictionnaire des antiquités* de Saglio, p. 2029-2030.

morceaux d'où le Marsyas était absent[1]. De même, le potier a utilisé de diverses manières les figures que nous avons vues réunies sur le vase où il a représenté des animaux ; il a supprimé le condamné dans le fragment de Stichaner, tab. V, 3. Ailleurs (tab. XII, 1, 2, 5), il n'a conservé que le chien et le cerf du premier plan. Mais, de ce qu'il a employé des poinçons distincts dans le tableau le plus complet, il ne s'ensuit nullement qu'il n'ait pas eu, en les rapprochant, la pensée de composer une scène qui présente une unité et un sens, et c'est la seule chose qui nous importe ici. Si nous prenons pour exemple le fragment où l'on voit un homme assailli par un lion[2], rien ne nous oblige à croire que ce soit là un assemblage de motifs disparates, primitivement conçus pour être reproduits chacun à part ; c'est au contraire un tableau qui forme un tout et dont les éléments, grâce à la multiplicité des poinçons, ont été ensuite séparés les uns des autres pour prendre place sur des pièces plus petites, plus simples et d'un prix moins élevé. En d'autres termes, le sujet de ce fragment était le prototype d'une série et non pas une combinaison de types pris dans des séries différentes et sans rapport entre eux.

Le condamné entouré de bêtes n'est pas un Marsyas, utilisé après coup pour la fabrication

---

1. Stichaner, tab. IV, 1 ; IX, 1, 2, 3, 4, 5, 8.
2. Poterie de Westerndorf. Photographie de M. Arndt. Comparez Stichaner, tab. V, 3.

d'une nouvelle fournée de vases. Nous en pourrions douter si nous n'avions pas justement un Marsyas parmi les nombreuses figures des poteries de Westerndorf. Il est manifeste qu'elles sont toutes sorties d'une même officine locale, puisqu'on a retrouvé des moules dans les fouilles. Or, le Marsyas a des jambes de bouc; il est vu de face et n'est point lié à un poteau. L'homme supplicié est vu de trois quarts et le poteau est très apparent. Les tessons de l'Historisches Verein ont précisément cet avantage qu'étant plus complets que ceux de Stichaner ils nous permettent de distinguer nettement parmi ceux-ci le Marsyas et le condamné entouré d'animaux. Au premier se rapportent chez Stichaner les fragments des tab. V, 8 et 9, et XIII, 3; au second, ceux de la tab. X, 1. Si l'ouvrier n'avait pas l'intention de représenter dans le second cas un supplice véritable, pourquoi n'a-t-il pas utilisé le poinçon du Marsyas, au lieu d'en employer un nouveau, d'un type tout différent?

Mais allons plus loin. Quand bien même l'ouvrier aurait appliqué au milieu des figures d'animaux un poinçon qui primitivement avait été fait pour représenter un Marsyas, ce ne serait pas du tout une raison pour qu'il n'ait attaché aucun sens à cette combinaison nouvelle. Et qu'il ait eu la pensée d'y attacher un sens, c'est ce que tout nous oblige à croire.

1° Parmi les fragments de Westerndorf, un

grand nombre, comme on l'a vu, se rapportent aux combats de gladiateurs et aux *venationes* de l'amphithéâtre ; ce sont là, du reste, des sujets qui reviennent sur les poteries d'Arezzo, dans toutes les collections, quelles qu'elles soient. Friedlaender[1], entre autres, n'a pas douté un instant de la connexité que présente avec cette catégorie de monuments la scène du supplice.

2° Les fragments que j'ai décrits ont été trouvés en Bavière, à Tours et à Paris ; ceux du Musée de Saint-Germain ont encore une autre provenance. Tous ont été fabriqués dans les lieux mêmes où on les a recueillis, puisque les fouilles, au moins à Westerndorf et à Paris, nous ont rendu des débris de moules[2]. Comment admettre que les quatre ouvriers, qui ont travaillé à un si grand intervalle de lieu et peut-être de temps, ont imaginé la même combinaison de poinçons, sans qu'aucun d'eux y attachât aucune signification? Les animaux voisins du patient ont toujours la tête tournée vers lui ; pourquoi, s'ils n'ont aucun rapport avec ce personnage et s'ils ne sont là que pour remplir une place vide, ne lui tournent-ils jamais le dos?

3° Enfin, et cette raison pourrait nous dispenser d'en chercher d'autres, le supplicié des *vena-*

---

1. *Sittengesch. Roms*, 6e éd., t. II, p. 406, note 3.

2. Pour Westerndorf, voy. Stichaner, atlas, tab. XI ; pour Paris, voy. Grivaud de la Vincelle, *Antiquités gauloises et romaines recueillies dans les jardins du palais du Sénat* (*Revue archéologique*, 1892, t. XX, p. 335 et 347).

tiones n'apparaît pas seulement sur des vases d'Arezzo, mais encore sur des poteries d'un autre genre, dont la décoration n'a certainement pas été exécutée à l'aide de poinçons distincts. Telle est une lampe trouvée à Rome, décrite en 1879 par le P. Bruzza et reproduite depuis dans plusieurs publications[1]. Tel est encore un médaillon de terre cuite conservé au Musée de Vienne (Isère)[2]. Si l'on compare ces deux objets aux fragments de vases que je réunis ici, on verra que de part et d'autre il y a identité complète dans l'attitude du supplicié et dans le groupement des principales figures. Dès lors, il faut bien admettre que nous avons affaire à un seul et même sujet qui ne comporte qu'une seule et même interprétation.

Il me paraît tout à fait superflu de citer à nouveau, après Friedlaender et après bien d'autres, les nombreux textes qui peuvent nous éclairer sur les supplices des condamnés dans les *venationes* de l'amphithéâtre. Ici, tout est clair et parle de soi-même. Ce ne sont pas seulement les auteurs sacrés qui nous ont conservé le souvenir de ces

1. Dans de Rossi, *Bull. di archeol. crist.*, 3ᵉ série, IV, p. 21, pl. III, 1 ; Saglio, art. *Crux*, fig. 2083, dans le *Dictionnaire des antiquités* ; Le Blant, *De quelques monuments relatifs à la suite des affaires criminelles*, XV, dans la *Revue archéologique*, 3ᵉ série, t. XIII (1889), p. 23.

2. G. Lafaye, *Supplicié dans l'arène. Mélanges de l'École de Rome en l'honneur de M. de Rossi* (1891). Voy. aussi *l'Amour incendiaire* dans les *Mélanges de Rome*, 1890, p. 61 et pl. I.

horribles coutumes; ce sont aussi les auteurs profanes. Dans le Catalogue de l'Exposition de 1867, les femmes suppliciées, que l'on voit sur les fragments de Tours et de Paris, sont données comme étant « peut-être des chrétiennes[1]. » La palme placée à droite de la victime, sur le fragment de Tours, a sans doute contribué à suggérer cette hypothèse; mais c'est là un ornement très ordinaire sur les monuments relatifs aux jeux du cirque et de l'amphithéâtre. Il est même douteux qu'il ait ici plus d'importance que les autres branches de feuillage semées dans le champ de la composition. M. Le Blant a montré que les artistes des premiers temps du christianisme avaient toujours répugné à représenter la souffrance humaine, même celle des martyrs[2]. Il faut donc voir dans nos fragments des productions d'un art tout profane et un souvenir des *venationes*, où des condamnés de toute sorte, quel que fût leur crime, étaient jetés en pâture aux bêtes de l'amphithéâtre.

Que ce supplice fût infligé à des femmes aussi bien qu'à des hommes, c'est ce que nous apprend par exemple Apulée, sans qu'il soit nécessaire de recourir aux actes des martyrs. A la fin du Xe livre des *Métamorphoses*, il raconte longuement l'aventure d'une femme « *quae propter multiforme scelus*

1. *Histoire du travail*, p. 74.
2. Le Blant, *Suite des affaires criminelles*, l. c., §§ VIII et XVIII.

bestiis erat damnata. » C'est une vile créature, « *vilis aliqua*, » frappée par une sentence du gouverneur de la province d'Achaïe. Elle doit subir sa peine dans l'amphithéâtre de Corinthe. Après une pantomime mythologique, jouée au milieu d'un décor splendide, on tire la condamnée de la prison publique et on s'apprête à la conduire au milieu de l'arène, où elle va être reçue par les bestiaires, « *familia ministerio venationis occupata.* » Le lecteur pourra voir dans le roman quels raffinements étranges l'imagination dévergondée de l'auteur latin ajoute à cette donnée, trop commune par elle-même pour son goût et pour celui de ses contemporains[1].

Il importe de remarquer ici le rapport étroit qui unit à la littérature païenne les monuments de la céramique populaire que nous étudions. Martial, décrivant le supplice d'un condamné, déchiré par un ours sous les yeux de la multitude, a plus d'horreur pour le crime que pour le châtiment. Il observe, il est vrai, que « le sang ruisselait de ses membres palpitants et déchirés, et que nulle place sur son corps ne rappelait plus la forme d'un corps :

« Vivebant laceri membris stillantibus artus,
  « Inque omni nusquam corpore corpus erat[2]. »

---

1. Apul., *Met.*, X, cap. XXIII-XXVII, p. 721-733, et cap. XXXIV et XXXV, p. 748-751 (Hillebrand).
2. Mart., *Spect.*, t. VII, p. 5. Cf. t. VIII et XXI (Friedlaender).

Cependant, le poète ne songe pas à se révolter contre cette invention cruelle, qui faisait du spectacle de la douleur physique un amusement pour le peuple assis sur les gradins de l'amphithéàtre ; ce qu'il voit surtout, c'est que le patient est un assassin, un incendiaire ou un sacrilège ; ses épigrammes sont calmes et ingénieuses, comme pouvaient l'être les juges et les bourreaux, qui faisaient jouer à un criminel, à sa dernière heure, le rôle d'Orphée ou de Dédale. Tel est aussi le sentiment des potiers qui ont mis dans le commerce les terres cuites dont nous recueillons les fragments ; chacun des misérables que nous voyons ici exposés à la dent des bêtes féroces est pour eux une chair vile, indigne du nom d'homme ; ils font de ce supplice un motif de décoration, comme Martial en fait le thème de ses petits vers. Nous avons là un témoignage frappant des instincts et des goûts de la classe populaire dans la société du temps de l'Empire [1].

Sur les fragments de Westerndorf, le moule n'a pas donné partout une empreinte également nette ; le relief est parfois insuffisant, ou la terre encore fraiche a bavé sur les contours. Cepen-

---

1. Il est possible que ces sortes d'exécutions tirent leur origine des Étrusques. Voy. la peinture publiée dans les *Annali dell' Istituto archeologico di Roma*, 1881, p. 1, et *Monum.*, XI, tav. xxv. L'auteur de l'article, M. Keck, mentionne les poteries de Westerndorf d'après Friedlaender, en déclarant qu'il n'a pu les voir (voy. p. 17, note 2).

2

dant il est certain que le patient n'est pas élevé sur la plate-forme (*catasta, suggestus*) dont parlent les textes et dont d'autres monuments nous offrent l'image. Le poteau (*palus, stipes*) est fiché à même dans le sol; mais le potier a pu, pour se renfermer dans l'espace dont il disposait, simplifier à dessein la composition, et peut-être ne s'est-il pas astreint à reproduire dans tous ses détails la réalité telle qu'il l'avait vue. Dans les fragments de Tours et de Paris, la cassure a emporté les pieds de la victime. Mais sur un des fragments de Saint-Germain que M. de Villenoisy a communiqués à la Société, on voit distinctement une base de faible hauteur au-dessous de la femme suppliciée. Cette forme de la *catasta* se retrouve sur un sarcophage de Rome, où est sculpté le supplice de l'Amour[1], et sur une peinture des catacombes, représentant Daniel dans la fosse aux lions[2].

On remarquera que sur les fragments de Paris et de Westerndorf des cerfs et un daim sont mêlés à des animaux carnassiers ; on pourrait s'en étonner. Si ceux-ci étaient destinés à dévorer le criminel attaché au poteau, pourquoi lancer avec eux dans l'amphithéâtre des animaux timides qui pouvaient facilement détourner leur attention et

1. Voyez Otto Jahn dans les *Berichte ueber die Verhandlungen der Koenigl. Saechs. Gesellsch. d. Wiss. zu Leipzig,* 1851, p. 153 et pl. V.
2. De Rossi, *Bull. di arch. cristiana,* t. III, p. 42, 2.

suffire à les repaître? D'autres monuments nous montrent que ce rapprochement n'a rien d'insolite. Ainsi on peut voir sur le tombeau de Scaurus, à Pompéi, des bestiaires attaquant une panthère et un taureau attachés l'un à l'autre par une corde[1], et sur la mosaïque Borghèse une véritable mêlée, où un élan, un sanglier, un taureau, une antilope et une autruche sont exposés aux coups d'une troupe armée, à côté d'une hyène et d'un lion[2]. Nous avons ici une nouvelle preuve que, dans le *ludus ferarum*, le supplice du condamné, à moins qu'il n'eût acquis par ses crimes une célébrité exceptionnelle, n'avait aux yeux de la foule qu'un intérêt secondaire; il n'était qu'un épisode dans les péripéties du spectacle.

Les vases dont je viens de décrire les fragments ont été certainement fabriqués dans les pays où on les a retrouvés : les moules recueillis à diverses époques dans les mêmes terrains sont là pour l'attester. On peut donc fort bien supposer que les sujets qui nous occupent ont été imaginés et dessinés sur place dans les ateliers locaux d'où les vases sont sortis. Les potiers n'avaient pas besoin d'aller à Rome pour voir exécuter des condamnés au milieu des *venationes;* c'était un spectacle que les amphithéâtres des provinces

1. Mazois, *Ruines de Pompéi*, I, pl. XXXI, fig. 4.
2. Henzen dans les *Atti dell' Accademia pontificia di archeologia*, XII, tav. v. Voyez aussi les peintures de Pompéi dans Helbig, *Wandgem. Campan.*, nos 1517-1519.

pouvaient leur offrir aussi bien que ceux de la capitale[1]. Mais on tend de plus en plus à admettre aujourd'hui que les poinçons dont se servaient ces humbles artisans n'étaient que des copies d'œuvres très connues, déjà cent fois reproduites avant eux par tous les procédés. Les scènes de l'amphithéâtre comptaient, sous l'empire, parmi les sujets favoris de la peinture murale ; nous le voyons assez à Pompéi. Les auteurs citent plusieurs fresques, particulièrement remarquables, où elles avaient été représentées par les soins de grands personnages, pour la décoration d'édifices privés ou publics[2]. Si les poinçons de nos modestes poteries rappellent des types fixés à une époque antérieure par un art plus relevé, c'est sans doute dans ces monuments célèbres qu'on a été les prendre. Il y a là des questions qui sont pour nous fort obscures ; avant de chercher à les éclaircir, il est sage d'attendre que l'on ait étudié dans un ouvrage d'ensemble ces curieux vases d'Arezzo, dont l'Académie des Lincei publiait, il y a quelques années, de si admirables spécimens[3].

1. Pour ne citer que les textes profanes, voy. Tacite, *Hist.*, II, 61 (Lyon), Apul., *Métam.*, X, 1. c. (Corinthe).
2. Petron., *Sat.*, 29. Pline, *Hist. nat.*, XXXV, 52. Capitolin., *Gordiani tres*, 3. Vopisc., *Carin.*, 19. Basil., *Homil. in Psalm.*, LXI. Sid. Apoll., *Ep.*, II, 2, 31.
3. *Notizie degli scavi*, 1884, tav. VII à IX.

Nogent-le-Rotrou, imprimerie DAUPELEY-GOUVERNEUR.